東坡先生和陶淵明詩卷第三

時運并序　淵明

時運游莫春也春服既成景物斯和偶景獨遊欣慨交心

邁邁時運穆穆良朝襲我春服薄言東郊
山滌餘靄宇曖微霄有風自南翼彼新苗
洋洋平津乃漱乃濯邈邈遐景載欣載矚
稱心而言固亦易足揮茲一觴陶然自樂
延目中流悠想清沂童冠齊業閑詠以歸
我愛其靜寤寐交揮但恨殊世邈不可追

斯晨斯夕言息其廬花藥分列林竹翳如
清琴横床濁酒半壺黄唐莫逮慨獨在予

和并引　子瞻

丁丑二月十四日白鶴峯新居成自嘉祐寺遷入詠淵明詩云斯晨斯夕言息其廬似爲子發也乃次其韻長子邁與予別三年矣挈攜諸孫萬里遠至老朽憂患之餘不能無欣然

我卜我居居非一朝龜不吾欺食此江郊
廢井已塞喬木干霄昔人伊何誰其裔苗

下有碧潭可飲可濯江山千里供我遐矚
木固無脛瓦固無足陶匠自至嘯歌相樂
我視此邦如洙如沂邦人勸我老矣安歸
自我幽獨倚門或揮豈無親友雲散莫追
旦朝丁丁誰款我廬子孫遠至笑語紛如
剪髮垂髫覆此瓠壺三年一夢乃復見余

止酒　淵明

居止次城邑逍遥自閑止坐止高蔭下步
止蓽門裏好味止園葵大歡止稚子平生
不止酒止酒情無喜暮止不安寢晨止不

能起日日欲止之營衛止不理徒知止不
樂未信止利已始覺止爲善今朝真止矣
從此一止去將止扶桑涘清顏止宿容奚
止千萬祀

和 并引　子瞻

丁丑歲余謫海南子由亦貶雷州五月
十一日相遇於藤同行至雷六月十一
日相別渡海余時病痔呻吟子由亦終
夕不寐因誦淵明詩勸余止酒乃和元
韻因以贈別庶幾真止矣

時來與物逝路窮非我止與子各意行同
落百蠻裏蕭然兩别駕各攜一稚子子室
有孟光我室惟法喜相逢山谷閒一月同
卧起茫茫海南北粗亦足生理勸我師淵
明力薄且爲已微痾坐盃勺止酒則瘳矣
望道雖未見隱約見津涘從今東坡室不
立杜康祀

和　子由

少年無大過臨老重復止自言衰病根恐
在酒杯裏今年各南遷百事付諸子誰言

瘴霧中乃有相逢喜連牀聞動息一夜再
三起泝流俛仰得此病竟何理平生不尤
人未免亦求已非酒猶止之其餘真止矣
飄然從孔公乘桴南海涘路逢安期生一
笑千萬祀

擬古九首　淵明

榮榮牕下蘭密密堂前柳初與君别時不
謂行當久出門萬里客中道逢嘉友未言
心相醉不在接杯酒蘭枯柳亦衰遂令此
言負多謝諸少年相知不在（一作中）厚意氣

傾人命離隔復何有

辭家夙嚴駕當往志無終問君今何行非商復非戎聞有田子泰節義為士雄斯人久已死鄉里習其風生有高世名既沒傳無窮不學狂馳子直在百年中

仲春遘時雨始雷發東隅衆蟄各潛駭草木從横一作是舒翩翩新來燕雙雙入我廬先巢故尚在相將還舊居自從分別來門庭日荒蕪我心故匪石君情定何如

迢迢百尺樓分明望四荒暮作歸雲宅朝為飛鳥堂山河滿目中平原獨茫茫古時功名士慷慨爭此場一旦百歲後相與還北邙松柏為人伐高墳互低昂頹基無遺主遊魂在何方榮華誠足貴亦復可憐傷

東方有一士被服常不完三旬九遇食十年著一冠辛苦無此比常有好容顏我欲觀其人晨去越河關青松夾路生白雲宿簷端知我故來意取琴為我彈上絃驚別鶴下絃操孤鸞願留就君住從今至歲寒

蒼蒼谷中樹冬夏常如茲年年見霜雪誰

謂不知時厭聞世上語結交到臨淄稷下多談士指彼（一作往）決吾疑裝束既有日已與家人辭行行停出門還坐更自思不怨道里長但畏人我欺萬一不合意永爲世笑之伊懷難具道爲君作此詩

日暮天無雲春風扇微和佳人美清夜達曙酣且歌歌竟長歎息持此感人多皎皎雲間月灼灼葉中花豈無一時好不夂當如何

少時壯且厲撫劒獨行遊誰言行遊近張

掖至幽州飢食首陽薇渴飲易水流不見相知人絶見古時丘路邊兩高墳伯牙與莊周此士難再得吾行欲何求

種桑長江邊三年望當採枝條始欲茂忽值山河改柯葉自摧折根株浮滄海春蠶旣無食寒衣欲誰待本不植高原今日復何悔

和　子瞻

有客扣我門繫馬門前柳庭空鳥雀噪門閉客立夂主人枕書臥夢我平生友忽聞剝啄聲驚散一杯酒倒裳起謝客夢覺兩

愧負坐談雜今古不荅顔愈厚問我何處來我來無何有

酒盡君可起我歌已三終由來竹林人不數濤與戎有酒從孟公慎勿從揚雄崎嶇頌沙麓塵埃汙西風昔我未嘗達今者亦安窮窮達不到處我在阿堵中

客去室幽幽鵩鳥來座隅引吭伸兩翮大息意不舒吾生如寄耳何者爲我廬去此復何之少安與汝居夜中聞長嘯月露荒榛蕪無問亦無荅吉凶兩何如

少年好遠遊蕩志隘八荒九夷爲藩籬四海環我堂盧生與若士何足期杳茫稍喜海南州自古無戰場奇峯望黎母何異嵩與邙飛泉寫萬仞舞鶴雙低昂分流未入海膏澤彌此方芋魁儻可飽無肉亦奚傷

黎山有幽子形槁神獨完負薪入城市笑我儒衣冠生不聞詩書豈知有孔顔翛然獨往來榮辱未易關日暮鳥獸散家在孤雲端問荅了不通歎息指屢彈似言君貴人草莽栖龍鸞遺我吉貝布海風今歲寒

過真淮談論今古不林讀愈厚問我何處
來我來無何有
酒盡留可歎已三盃由來林人不
數濤與又有酒依公真少依搗譜圖
須少羅塵與汗西風昔我未嘗違今者亦
辛苦爲遂不到處我在阿儂中
客去至幽幽鵑鳥來遲隔引說伸西翻大
息意不舒平生君子何有爲我盧士比
須何公少安與浩居夜中聞長嘯月露荒
緣無無問亦無答吉凶兩何若

卷三　十八

少年好樹遊海志隨人無乃東藏日
須衆我淵圖年與胡士何尺萬古浙溢
海南我自古無嚴鳥乎箏淵參中恒異聲
真可飛泉高萬仞無鶴雙何局今流末人
海青灘彌此大井魚賓可飛無因亦
叢山有通干頂稿神犯人戲市汝
識傷收近生不聞詩書各有乳調
濁年來深承未易圖日暮吹歎我年白
闌觸問答了不通數鳥指彈迎金合言音貴
人草萍西疆遺我古貝古海風今疑寞

馮洗古烈婦翁媼國于茲策勳梁武後開府隋文時三世更險難一心無磷淄錦繖平積亂犀渠破餘疑廟貌空復存碑板漫無辭我欲作銘志慰此父老思遺民不可問僂句莫予欺爆牲菌雞卜我當一訪之銅鼓壺盧笙歌此迎送詩

沈香作庭燎甲煎紛相和豈若炷微火縈煙嫋清歌貪人無饑飽胡椒亦求多朱劉兩狂子隕墜如風花本欲竭澤漁奈此明年何朱初平劉誼欲冠帶黎人以取水沈尔

雞窠養鶴髮及與唐人游來孫亦垂白頗識李崖州再逢盧與丁閱世真東流斯人今在亡未遽掩一丘我師吳季札守節到晚周一見春秋末渺焉不可求

城南有荒池瑣細誰復採幽姿小芙蕖香色獨未改欲爲中州信浩蕩絕雲海遥知玉井蓮落蘂不相待攀躋及少壯已失那容悔

和　　子由

客居遠林薄依牆種楊柳歸期未可必成

陰定非久邑中有佳士忠信可與友相逢話禪寂落日共杯酒艱難本何求緩急肯相負故人在萬里不復爲薄厚米盡鬻衣衾時勞問無有

閉門不復出茲焉若將終蕭然環堵間乃復有爲我我師柱下史久以雌守雄金刀雖云利未聞能斫風世人欲困我我已安長窮窮甚當辟穀徐觀百年中

蕭蕭髮垂素晡日迫西隅道人閔我老元氣時卷舒歲惡風雨交何不完子廬萬法

滅無餘方寸可久居將掃道上塵先拔庭中蕪一淨百亦淨我物皆如如

夜夢被髮翁騎驎下大荒獨行無與遊闖然款我堂高論何崢嶸微言何渺茫我徐聽其說未離翰墨場平生氣如虹宜不葬北邙少年慕遺文奇姿揖昂昂褭罷百無用漸以圓斵方隱約就所安斂退還自傷

海康雜蠻蜑禮俗多未完我居近闤闠請先化衣冠衣冠一有恥其下胡爲顏東鄰有一士讀書寄賢關歸來奉先友跬步行

必端慨然顧流俗歎息未敢彈提提烏鳶中見此孤翔鸞漸能衣裘褐袒裼知惡寒佛法行中原儒者耻論茲功施冥冥中亦何負當時此方舊雜染渾渾無名緇治生守家室坐使斯人疑未知酒肉非能與生死辯熾哉吴閭間佛事不可思生子多頴悟得報豈汝欺時有正法眼一出照耀之誰爲邑中豪勸誦我此詩

憂來感人心悒悒久未和呼兒具濁酒酒酣起長歌歌罷還獨舞黍麥力誠多憂長酒易銷釋去如風花不悟萬法空子如此心何

杜門人笑我不知有天游光明遍十方咫尺陋九州此觀一日成亥亥通法流竿木常自隨何必反故丘老聃白髮年青牛去西周不遇關令尹履迹誰能求

鋤田種紫芝有根未堪採逡巡歲月度歎息毛髮改脩然玉露下滴瀝投滄海須臾忽長茂枝葉行可待夜燒沉水香持戒慎無悔

雜詩　淵明

人生無根蔕飄如陌上塵分散逐風轉此已非常身落地爲兄弟何必骨肉親得歡當作樂斗酒聚比鄰盛年不重來一日難再晨及時當勉勵歲月不待人

白日淪西河素月出東嶺遥遥萬里暉蕩蕩空中景風來入房户夜中枕席冷氣變悟時易不眠知夜永欲言無余和揮杯勸孤影日月擲人去有志不獲騁念此懷悲悽終曉不能靜

榮華難久居盛衰不可量昔爲三春蕖今

作秋蓮房嚴霜結野草枯瘁未遽央日月有環周我去不再陽眷眷往昔時憶此斷人腸

丈夫志四海我願不知老親戚共一處子孫還相保觴絃肆朝日罇中酒不燥緩帶盡歡娱起晚眠常早孰若當世士氷炭滿懷抱百年歸丘壟用此空名道

憶我少壯時無樂亦欣豫猛志逸四海騫翮思遠翥荏苒歲月頽此心稍已去值歡無復娱每每多憂慮氣力漸衰損轉覺日不如壑舟無須臾引我不得住前塗當幾

有常御我來淹巳彌悽慨憶綢繆此情久已離荏苒經十載暫爲人所羈庭宇翳餘木倏忽日月虧

我行未云遠迴顧慘風凉春燕應節起高飛拂塵梁邊鴈悲無所代謝歸北鄉離鵾鳴清池涉暑經秋霜愁人難爲辭遥遥春夜長

和　子瞻

斜日照孤隙始知空有塵微風渡衆竅誰信我忘身一笑問兒子與汝定何親從我

來海南幽絶無四鄰耿耿如缺月獨與長庚晨此道固應尔不當怨無人

故山不可到飛夢隔五嶺真遊有黄庭閉目寓兩景室空無可照火滅膏自冷披衣起視夜海闊河漢永西窓半明月散亂梧楸影良辰不可繫逝水無由騁我苗期後枯持此一念静

真人有妙觀俗子多妄量區區勸粒食此豈知子房我非徒跣相終老懷未央兎死縛淮陰狗功指平陽哀哉亦可羞世路皆羊腸

相如偶一官嗤鄙蜀父老不記犢鼻時滌
器混庸保著書曾幾許渴肺塵土燥琴臺
有遺魄笑我歸不早作書遺故人皎皎我
懷抱餘生幸無愧何與君平道
孟德黠老狐姦言嗾鴻豫哀哉喪亂世梟
鸞各騰翥逝者知幾人文舉獨不去天方
斵漢室豈計一郗慮昆虫正相齧乃比蘭
相如我知公所坐大名久難住細德方險
微豈有容公處既往不可悔庶爲來者懼
慱大古真人老聃關尹喜獨立萬物表長

生乃餘事稺川差可近儻有接物意我頃
登羅浮物色恐相值徘徊朱明洞沙水自
清駛滿把菖蒲根歎息復弃置
藍喬近得道常苦世褊迫西游王屋山不
踐長安陌尓來寧復見鳥道渡太白昔與
吴遠遊同藏一瓢窄潮陽隔雲海歲晚儻
見客伐薪供養火看作栖鳳宅
南榮晚聞道未肯化庚桑陶頑鑄強鑛枉
費塵與糠越子古成人韓生教休糧參同
得靈鑰九鎖啓伯陽我鳥城見諸孫貧苦我

爲傷空餘焦先室不傳元化方遺像似李
白一奠臨江觴
餘齡難把玩妙解寄筆端常恐抱永歎不
及丘明遷親友復勸我放心餞華顛虛名
非我有至味知誰餐思我無所思安能觀
諸緣巳矣復何歎舊說易兩篇
申韓本自聖陋古不復稽巨君縱獨欲借
經作巖崖遂令青衿子珠璧人人懷鑿齒
井蛙耳信謂天可彌大道久分裂破碎日
愈離我如終不言誰悟角與羈吾琴豈得

巳昭氏有成虧
我昔登朐山日出觀蒼凉欲濟東海縣恨
無石橋梁今兹黎母國何異于公鄉蠔浦
旣黏山暑路亦飛霜所欣非自誷不怨道
里長

和時有赦書北還　子由

大道與衆往疾驅秪自塵徐行聽所之何
者非吾身却過白鶴峰雞犬來相親築室
依果樹有無通四鄰安眠豈有足良夜惟
恐晨晨朝亦何事倦對往來人

莫言三謫遠歸路近虔嶺誰憐東坡窮垂
老徙此景幸無薪炭役豈念冰雪冷平生
笑子厚山水記柳永孜孜苦懷歸何異走
逃影吾觀兩蠻觸出縮方馳騁百年寄龜
息幸此支牀靜
我來適惡歲斗米如珠量何時舉頭看歲
月守心房念我東坡翁忍飢海中央願翁勿
言饑稷卨調陰陽玉池有清水生肥蒲中腸
故山縱得歸無復昔遺老家風知在否後
生恐難保似聞老翁泉曾作泥土燥窮冬

忽涌溢絡繹缾罌早此翁終可信明月耿
懷抱從我先人遊安得不聞道老翁泉在先人墳下
幽憂如蟄虫雷雨驚奮豫無根不萌動有
翼皆騫翥嗟我獨枯槁無來孰為去念兄
當北還海闊煎百慮往來七年間信矣夢
幻如從今便築室占籍無所住四方無不
可莫住生滅處縱浪大化中何喜復何懼
嘗聞左師言少子古所喜二兒從兩父服
辱了百事佳子何關人自怪餘此意看書
時獨笑屢與古人值他年會六子道眼誰

最駛衣鉢儻可傳田園不須置
舜以五音言二雅良褊迫變風猶井牧驅
人遂阡陌周餘幾崩壞況經甫與白崎嶇
收狂瀾還付濫觴窄二莊涇渭雜恐有郭
象客壁藏待知者金石聞舊宅
大道如衣食六經所耕桑家傳易春秋未
易相枇糠久種終不獲歲晚嗟無糧念此
坐歎息追飛及頹陽天公亦假我書成麟
未傷可憐陸忠州空集千首方何如李袁
盎日把無何觴

五年寓黃閣盛服朝玄端愧無昔人姿謬
作奇章還（牛僧孺亦貶循州）還從九淵底回望百
尺巔身世俱一夢往來適三餐天公本無
心誰爲此由緣從今罷述作盡付逍遙篇
吾兄昔在朝屢欲請會晳誓將老陽羨洞
天隱蒼崖（兄已買田陽羨近張公善卷西洞天）時事乃大
謬寧復守此懷區區芥子中豈有兩須彌
舉眼即見兄何者爲別離兄輿駕神馬孰
爲策與羈弭節過蓬萊悔波看增虧
紅爐厄夏景團扇悲秋凉來鴻已遵渚法

燕亦辤粱冰蠶懷涷藪火鼠安炎鄉曲士
漫談道夏虫豈知霜物化何時休歎息此
路長

東坡先生和陶淵明詩卷第三

東坡先生和陶淵明詩卷第四

連雨獨飲　淵明

運生會歸盡終古謂之然世間有松喬於今定何間故老贈予酒乃言飲得僊試酌百情遠重觴忽忘天天豈去此哉任真無所先雲鶴有奇翼八表須臾還自我抱茲獨僶俛四十年形骸久已化心在復何言

和并引　子瞻

吾謫海南盡賣飲器以供衣食獨有一荷葉杯工製美妙留以自娛乃和淵明

連雨獨飲二首

平生我與我舉意輙相然豈比磁石針雖合猶有間此外一子由出處同偏僊晚景敢可惜分飛海南天糾纏不吾欺寧此憂患先顧影一杯酒誰謂無往還寄語海北人今日為何年醉裏有獨覺夢中無雜言阿堵不解醉誰與此頹然誤入無功鄉掉臂嵆阮間飲中八仙人與我俱得僊淵明豈知道醉語忽談天偶見此物真遂超天地先醉醒可還酒此覺無所還清風洗徂

暑連雨催豐年牀頭伯雅君此子可與言

癸卯歲始春懷古田舍二首　淵明

在昔聞南畝當年竟未踐屢空既有人春興豈自免夙晨裝吾駕啓塗情已緬鳥哢歡新節冷風送餘善寒竹被荒蹊地爲罕人遠是以植杖翁悠然不復返即理愧通識所保詎乃淺

先師有遺訓憂道不憂貧瞻望邈難逮轉欲患長勤秉耒歡時務解顏勸農人平疇交遠風良苗亦懷新雖未量歲功即事多所欣耕種有時息行者無問津日入相與

歸壺漿勞近鄰長吟掩柴門聊爲壟畝民

和　并引　子瞻

儋人黎子雲兄弟居城東南躬農圃之榮偶與軍使張中同訪之居臨大池水木幽茂坐客欲爲醵錢作屋予亦欣然許之名其屋曰載酒堂用淵明懷古田舍韻作二首

退居有成言垂老竟未踐何曾淵明歸屢作敬通免休閒等一味妄想生愧靦淵明本用

緬字今取其司音耳聊將自知明稍積在家善城東
兩黎子室邇人自遠呼我釣其池人魚兩
忘返使君亦命駕恨子林塘淺
茆茨破不補嗟子乃尒貧菜肥人愈瘦竈
閑井常勤我欲致薄少解衣勸坐人臨池
作虛堂雨急瓦聲新客來有美載果熟多
幽欣丹荔破玉膚黃柑溢芳津借我三畝
地結茅爲子鄰鴂舌儻可學化爲黎母民

勸農　淵明

悠悠上古厥初生民傲然自足抱朴含真

智巧既萌資待靡因誰其贍之寔賴哲人
哲人伊何時惟后稷贍之伊何實曰播植
舜既躬耕禹亦稼穡遠若周典八政始食
熙熙令德猗猗原陸卉木繁榮和風清穆
紛紛士女趣時競逐桑婦宵興農夫野宿
氣節易過和澤難久冀缺攜儷沮溺結耦
相彼賢達猶勤壟畝矧伊衆庶曳裾拱手
民生在勤勤則不匱宴安自逸歲暮奚冀
甔石不儲飢寒交至顧余儔列能不懷愧
孔耽道德樊須是鄙董樂琴書園田弗履

孔既道德煥須是天論華樂本書圖田也發
亂古不語怪力亂來交至願令傳列能不懈鳴
民生在勤勤則不匱實安自逸欲莫違冀
相從賢達醇勤力因乎求東安語共牛
氣節過知輩人黃安德讀疽滿諧譜
紛紛士大夫競人心符聽與大野宿
頃令滿許原陸卉木繁榮告鳳清鶴
鮮既華茂滿絢若周與人政治食
許人甲何許而成變入何寶口播植
智巧既皆宿作羅因其濕入荒腴皆人

氣候下古限乃生乃厥麥蕩自乃為卉今真

蠶事 詩四

再輯并十寶年壽可學卒兆芥中民
過女甲殺生黃神造年教三返
作問雨蕩辛客來者美麗果熟多
閑井常勤紋紡織勞大勤坐人臨池
帶抉不千刀不貪英朋人食瓊漿
拓返便拓亦命露取千林捕教
兩蠶桂圖入白淨教告其人池西
其回音耳自名目猶在書東

若能超然投迹高軌敢不斂衽敬贊德美

和 并引　子瞻

海南多荒田俗以貿香爲業所產秔秫不足於食乃以藷（時諸切）芋雜米作粥糜以取飽予旣哀之乃和淵明勸農詩以告其有知者

咨汝漢黎均是一民鄙夷不訓夫豈其真
怨忿劫質尋戈相因欺謾莫訴曲自我人
天禍尔土不麥不稷民無用物怪珍是植
播厥薰木腐餘是穡貪夫汙吏鷹鷙狼食

豈無良田膴膴平陸獸蹤交締鳥喙諧穆
驚麏朝射猛豨夜逐芋羹藷糜以飽耆宿
聽我苦言其福永久利尔鉏耜好尔鄰耦
斬艾蓬雚南東其畝父兄搢挺以抶游手
天不假易亦不汝匱春無遺勤秋有厚冀
雲舉雨决婦姑畢至我良孝愛袒跣何愧
逸諺戲侮博弈頑鄙投之生黎俾勿冠履
霜降稻實千箱一軌大作尔社一醉醇美

和 并引　子由

子瞻兄和淵明詩六章哀儋耳之不耕

中議乃告溢明詩六年京齋耳以不辨

旨 并曰 申

霜卒給實千猶一輿大宗分社一野野美

適謝興倚輿弊頂殿段入生蒙俾沙冠瓊

竊舉雨決驛姑畢耳敘取弊參垣既何瞞

天不假男示不決圜春無遺勤教有厚冀

斯艾逢萬而東其段父兄指拯以扶游千

聽按古言其福未以兰分蠟井好分鬻聃

龍顯頭身拼靖放設井羲譜籲以蕩將宿

證無及田廉廉平耶默殊文磨邑錄語適

旨圖曰 之能也 曰

播厥蘖木瘢錄異齒貪夫汗安贏譜驗食

天福分士下參不級兄無田滲國沙異植

溫令執資暑文相因撤讖其許由自牧人

洽安漢衆哉是一兄竄夷不言夫言其真

告其有 旨 者

以取道乎嘉家以乃 旨 溫明靈農詩以

不及炊令儉乃以 諭 并 雜米布殊齋

海西沙漠田谷以資 布 餘 洋 沛 苦 生

旨 并 曰 十 論

指施政務古今殊宜不嘉古

予居海康農亦甚惰其耕者多閩人也然其民甘於魚鰍蟹蝦故蔬果不毓冬溫不雪衣被吉貝故蓺麻而不績生蠶而不織羅紈布帛仰于四方之負販工習於鄙朴故用器不利醫奪于巫鬼故方術不治余居之半年凡羈旅之所急求皆不獲故亦和此篇以告其窮庶幾有勸焉

我遷海康實編于民少而躬耕老復其眞
乘流得坎不問所因願以所知施及斯人

我行四方稻麥黍稷果蔬滿荷百種咸植
糞溉耘耔乃後有穡尔獨何爲開口而食
掇拾于川搜捕于陸俯鞠婦子仰薦昭穆
閩乘其媮載耒逐逐計無百年謀止信宿
我歸無時視汝長久孰爲沮溺風雨相耦
築室東皐取足南畝后稷爲烈夫豈一手
斲木陶土器則不匱績麻繅蠒衣則有羨
藥餌具前病曷從至坐而告窮相視徒愧
莫爲之唱冥不謂鄙一夫前行百夫具屨
以爲不信出視同軌期尔十年風變而美

停雲 幷序　　淵明

停雲思親友也罇湛新醪園列初榮願言不從歎息彌襟

靄靄停雲濛濛時雨八表同昬平路伊阻靜寄東軒春醪獨撫良朋攸悠一作邈搔首延佇

停雲靄靄時雨濛濛八表同昬平陸成江有酒有酒閑飲東窻願言懷人舟車靡從

東園之樹枝條載榮競用新好以招余情人亦有言日月于征安得促席說彼平生

翩翩飛鳥息我庭柯斂翮閑止好聲相和豈無他人念子寔多願言不獲抱恨如何

和 幷引　　子瞻

自立冬來風雨無虛日海道斷絕不得子由書乃和淵明停雲詩以寄

停雲在空黯其將雨嗟我懷人道脩且阻眷此區區俛仰再撫良辰過鳥逝不我佇

颶作海渾天水冥濛雲屯九河雪立三江我不出門寤寐北窻念彼海康神馳往從

凛然清癯落其驕榮魄奠化之鄉兮志情

逆於悲人矣一[illegible]

[illegible]

[illegible]

[illegible]

本以深其咎[illegible]

[illegible]

[illegible]

[illegible]

[illegible]

[illegible]

[illegible]

[illegible]

[illegible]

[illegible]

[illegible]

丁丑十四[illegible]

告[illegible]　[illegible]

[illegible]

[illegible]

[illegible]

復知爲親去歲家南里薄作少時鄰負杖肆遊從淹留忘宵晨語默自殊執亦知當乖分禾黍事已及興言在玆春飄飄西來風悠悠東去雲山川千里外言笑難爲因良材不隱世江湖多賤貧脫有經過便念來存故人

和送昌化軍使張中　子瞻

孤生知永弃末路嗟長勤久安儋耳陋日與雕題親海國此奇士官居我東鄰卯酒無虛日夜棊有達晨小甕多自釀一瓢時見分仍將對牀夢伴我五更春暫聚水上萍忽散空中雲恐無再見日笑說來生因空吟清詩送不救歸裝貧

於王撫軍坐送客　淵明

冬日淒且厲百卉具已腓爰以履霜節登高餞將歸寒氣冒山澤遊雲倏無依洲渚思一作四緬邈風水手乖違瞻夕欲良讌離言聿云悲晨鳥暮來還懸車斂餘暉逝止判殊路旋駕悵遲遲目送迴舟遠情隨萬化遺

和再送張中　　子瞻

胷中有佳處海瘴不汝腓三年無所愧十口今同歸汝去莫相憐我生本無依相從大塊中幾合幾分違莫作往來相而生愛見悲悠悠銜山日炯炯留清暉懸知冬夜長不恨晨光遲夢中與汝別作詩記忘遺

荅龐參軍 并序　　淵明

三復來貺欲罷不能自爾鄰曲冬春再交款然良對忽成舊遊俗諺云數面成親況情過此者乎人事好乖便當語離

揚公所歎豈惟常悲吾抱疾多年不復爲文本既不豐復老病繼之輒依周禮往復之義且爲別後相思之資乎

相知何必舊傾蓋定前言有客賞我趣每每顧林園談諧無俗調所說聖人篇或有數斗 斟一作 酒閑飲自歡然我寔幽居士無復東西緣物新人惟舊弱毫多所宣情通萬里外形跡滯江山君其愛體 禮一作 素來會在何年

和三送張中　　子瞻

留燈坐達曉要與影悟言下帷對古人何
暇復窺園使君本學武少誦十三篇時能
口擊賊戈戟亦森然才智誰不如功名歎
無緣獨來向我說僨懣當奚宣一見勝百
聞往鑿臯蘭山白衣挾三矢赴此征遼年

庚戌歲九月中於西田獲早稻

淵明

人生歸有道衣食固其端孰是都不營而
以求自安開春理常業歲功聊可觀晨出
肆微勤日入負禾還山中饒霜露風氣亦

先寒田家豈不苦弗獲辭此難四體誠乃
疲交無異患干盥濯息簷下斗酒散襟顔
遙遙沮溺心千載乃相關但願長如此躬
耕非所歎

和幷引　子瞻

小圃栽植漸成取淵明詩有及草木蔬
穀者五篇次其韻

蓬頭二獠奴誰謂愿且端晨興灑掃罷飽
食不自安願治此圃畦少資主游觀晝功
不自覺夜氣乃潛還早韭欲爭春晚菘先

留谿非此其與時語言下筆千古人何
取後隨圖復其本學其心畫十三篇每篇
口譯頭又變卓木森十首篇不古也如數
無疑篇來石設説資識溜課宜一見家伯
聞作爨鼻薌山白牧莢三矣茨荐經年

庚戌歲九月中於西田穫早稻

淵明

人生歸有道衣食固其端孰是都不營而
以求自安開春理常業歲功聊可觀晨出
肆微勤日入負耒還山中饒霜露風氣亦

先寒田家豈不苦弗獲辭此難四體誠乃
疲庶無異患干盥濯息簷下斗酒散襟
顏遙遙沮溺心千載乃相關但願長如此
躬耕非所歎

右并引 十篇

小圖栽植時及取汲田時有及草木號
數格丹鉛次其績
遂頭二條汲詳題識且詳其處與屬指點
食不自安飯治此圖畢汲資生游觀書壇
不自覺衰傷乃深歌早悲歿年春冕歎兮

破寒人間無正味美好出艱難早知農圃
樂豈有非意干尚恨不持鋤未免騂我顔
此心苟未降何適不間關休去復休去食
菜何所歎

丙辰歲八月中於下潠田舍穫

淵明

貧居依稼穡戮力東林隈不言春作苦常
恐負所懷司田眷有秋寄聲與我諧飢者
歡初飽束帶候鳴雞揚檝越平湖汎隨清
壑迴醽酒荒山裏猿聲閑且哀悲風愛靜
夜林鳥喜晨開曰余作此來三四星火頹
姿年逝已老其事未云乖遥謝荷蓧翁聊
得從君栖

和

子瞻

聚糞西垣下鑿井東垣隈勞辱何時休燕
安不可懷天公豈相喜雨霽與意諧黃菘
養土羔老楮生樹雞未忍便烹煮繞觀日
百回跨海得遠信冰盤鳴玉哀茵蔯點膾
縷照坐如花開一與蜒叟醉蒼顔兩摧頹
齒根日浮動自與粱肉乖食菜豈不足呼

敗興入間無正味美好出艱難早知農圃
樂豈有非意干尚很不持鉤未免弭敎顏
此心苦未降何適不間關休去復休去食
業何所歎

丙辰歲八月中於下潠田舍穫

淵明

貧居依稼穡戮力東林隈不言春作苦常
恐負所懷司田眷有秋寄聲與我諧飢者
歡初飽束帶候鳴雞揚楫越平湖汎隨清
壑迴鬱鬱荒山裏猿聲閑且哀悲風愛靜

夜林鳥喜晨開曰余作此來三四星火頹
姿年逝已老其事未云乖遙謝荷蓧翁聊
得從君栖

和　子瞻

聚糞西垣下鑿井東垣隈勞辱今何有休藏
安人古廣天公豈相喜雨霽與意諧黃粱
表土兼老將生幽雞未忍便烹茲饋日
百回跨海得盡信水盤鳥王京衣茵陳饌贈
饞眼坐如花開一與與叟醉蒼顏西擁頳
菌耕日淨動自與家肉亦食菜豈不足乎

兒折雞栖

五月旦作和戴主簿　淵明

虛舟縱逸棹回復遂無窮發歲始俛仰星紀奄將中南牕罕粹物北林榮且豐萍光寫時雨晨色奏景風旣來孰不去人理故有終居常待其盡曲肱豈傷沖遷化或夷險肆志無窊隆即事如以已一作高何必升華嵩

和　子瞻

日南無冬夏安知歲將窮時時小摇落榮

悴俛仰中上天信包荒佳植無由豐鉏耰代肅殺有擇非霜風手栽蘭與菊侑我清宴終擷芳眼已明飲水腹尚沖莫去土上隫井深墻愈隆勿笑一畝園蟻垤齊衡嵩

酬劉柴桑　淵明

窮居寡人用時志四運周櫚庭多落葉慨然知已秋新葵鬱北牗嘉穟卷南疇今我不為樂知有來歲不命室攜童弱良日登遠遊

和　子瞻

兒并雜插

五月旦作和戴主簿　淵明

虛舟縱逸棹回復遂無窮發歲始俛仰星
紀奄將中南窗罕悴物北林榮且豐神
淵寫時雨晨色奏景風既來孰不去人理固
有終居常待其盡曲肱豈傷沖遷化或夷
險肆志無窊隆即事如以高何必升
華嵩

合　千譜

日向靜久夏安和歲游肆小猶落葉

十二

代說仰中上天信包先準直無由豐鉅翳
代庸發有擇非霜風千叢蘭與藥有歲清
宴然撥芳眼已明故水親尚中莫主上
賈井深會人食少矣一宙國遊在海萬

酬劉柴桑　淵明

窮居寡人用時忘四運周櫚庭多落葉
慨然已知秋新葵鬱北牖嘉穟養南疇今我
不為樂知有來歲不命室攜童弱良日登
遠遊

合　千譜

紅藷與紫芋遠插牆四周且放幽蘭春勿
爭霜菊秋窮冬、出甕盎磊落勝農疇淇上
白玉延淇上出山藥一名玉延能復過此不一飽忘
故山不思馬少游

和胡西曹示顧賊曹　淵明

蕤賓五月中清朝起南颸不駛亦不遲飄
飄吹我衣重雲蔽白日閑雨紛微微流目
視西園曄曄榮紫葵於今甚我愛奈何當
復衰感物願及時每恨靡所揮悠悠待秋
稼寥落將賒遲逸想不可淹猖狂獨長悲

和　子瞻

長春如稚女飄搖倚輕颸卯酒暈玉頰紅
綃捲生衣低顏香自斂含睇意頗微寧當
配黃菊未肯似戎葵誰言此弱質閱世觀
盛衰頩然疑薄怒沃盥未敢揮瘴雨吹蠻
風凋零豈容遲老人不解飲短句空清悲

示周掾祖謝周續 祖企 謝景夷

淵明

負痾頹簷下終日無一欣藥石有時閑念
我意中人相去不尋常道路邈何因周生

述孔業祖謝嚮然臻道奧向千載今朝復斯聞馬隊非講肆校書亦已勤老夫有所愛思與爾爲鄰願言誨諸子從我潁水濱

和游東城學舍作　子瞻

聞有古學舍竊懷淵明欣攝衣造兩塾窺户無一人邦風方杞夷廟皃猶殷因先生饌已鈌弟子散莫臻忍飢坐談道嗟我亦晚聞永言百世祀未補平生勤今此復何國豈與陳蔡鄰永愧虞仲翔弦歌滄海濱

舊還居　淵明

疇昔家上京六載去還歸今日始復來惻愴多所悲阡陌不移舊邑屋或時非履歷周故居鄰老罕復遺步步尋往迹有處特依依流幻百年中寒暑日相推常恐大化盡氣力不及衰撥置且莫念一觴聊可揮

和夢歸惠州白鶴山中作　子瞻

痿人常念起夫我豈忘歸不敢夢故山恐興墳墓悲生世本暫寓此身念念非鵝城亦何有偶拾鶴毳遺窮魚守故沼聚沫猶相依大兒當門户時節供丁推夢與鄰翁

述孔業祖謝響然臻道喪向千載今朝復
斯聞馬隊非講肆校書亦已勤老夫有所
愛思與爾為鄰願言誨諸子從我潁水濱

和 遊東城學舍作 一首

聞有古學舍竊懷淵明欣攝衣造兩塾
窺戶無一人邦風方杞夷廟貌猶殷因先生
饌已缺弟子散莫臻忍饑坐談道嗟我亦
晚聞永言百世祀未補平生勤今此復何
國豈與陳蔡鄰永愧虞仲翔絃歌滄海濱

還舊居 淵明

疇昔家上京六載去還歸今日始復來惻
愴多所悲阡陌不移舊邑屋或時非履歷
周故居鄰老罕復遺步步尋往迹有處特
依依流幻百年中寒暑日相推常恐大化
盡氣力不及衰撥置且莫念一觴聊可揮

和 夢歸惠州白鶴山中作 一首

痿人常念起夫我豈忘歸不敢夢故山恐
興墳墓悲生世本暫寓此身念念非鵝城
亦何有偶拾鶴觜遺窮魚守故沼聚沫猶
相依大兒當門戶時節供丁推夢與鄰翁

言閔默憐我衰行來赴造物未用相招揮

贈羊長史 并序　　淵明

左軍羊長史銜使秦川作此與之 羊松齡

愚生三季後慨然念黃虞得知千載外上賴古人書賢聖留餘迹事事在中都豈忘游心目關河不可踰九域甫已一逝將理舟輿聞君將先邁負痾不獲俱路若經商山爲我少躊躇多謝綺與角精爽今何如紫芝誰復採深谷久應蕪駟馬無貰患貧賤有交娛清謡結心曲人乖運見疎擁懷累代下言盡意不舒

和 并引　　子瞻

得鄭嘉會靜老書欲於海舶載書千餘卷見借因讀淵明贈羊長史詩云愚生三季後慨然念黃虞得知千載事上賴古人書次韻以謝鄭君

我非皇甫謐門人如摯虞不持兩鴟酒肯借一車書欲令海外士觀經似鴻都結髮事文史俯仰六十踰老馬不奈放長鳴思服輿故知根塵在未免病藥俱念君千里

足歷塊猶跼蹐好學真伯業比肩可相如
此書久已熟救我今荒蕪顧慙桑榆迫豈
厭詩酒娛奏賦病未能草玄老更疎猶當
距揚墨稍欲懲荆舒

乙巳歲三月爲建威參軍使都經
錢溪　淵明

我不踐斯境歲月耗已積晨夕看山川事
事悉如昔微雨洗高林清飈矯雲翮眷彼
品物存義風都未隔伊余何爲者勉勵從
兹役一形似有制素襟不可易園田日夢

想安得久離析終懷在歸州諒哉宜霜柏

和游城北謝氏廢園作　子瞻

喬木卷蒼藤浩浩崩雲積謝家堂前燕對
語悲宿昔仰看桄榔樹玄鶴舞長翮新年
結荔子主人黃壤隔谿陰宜館我稍省薪
水役相如賣車騎五畝亦可易但恐鵩鳥
來此生還蕩析誰能揷籬槿護此殘竹栢

辛丑歲七月赴假還江陵夜行塗
中作口號　淵明

閑居三十載遂與塵事冥詩書敦宿好園

林無俗情如何捨此去遥遥至南荆叩枻
新秋月臨流别友生凉風起將夕夜景湛
虚明昭昭天宇闊皛皛川上平懷役不遑
寐中宵尚孤征商歌非吾事依依在耦耕
投冠旋舊墟不爲好爵縈養真衡茅下庶
以善自名

和郊行步月作　子瞻

缺月不早出長林踏青冥犬吠主人怒愧
此閭里情怪我夜不歸茜袂窺柴荆雲間
與地上待我兩友生驚鵲再三起樹端已
微明白露淨原野始覺生陵平暗蛩方夜

績孤雲亦宵征歸來閉户坐寸田且默耕
莫赴花月期免爲詩酒縈詩人如布穀聒
聒常自名

始作鎮軍參軍經曲阿　淵明

弱齡寄事外委懷在琴書被褐欣自得屢
空常晏如時來苟冥會婉孌憩通衢投策
命晨裝暫與園田疎眇眇孤舟逝綿綿歸
思紆我行豈不遥登陟千里餘目倦川塗
異心念山澤居望雲慙高鳥臨水愧游魚

真想初在襟誰謂形蹟拘聊且憑化遷終返班生廬

和　子瞻

虞人非其招欲往畏簡書穆生責醴先見我不如江左古弱國強臣擅天衢淵明墮詩酒遂與功名踈我生信良時朱金義當紆天命適如此幸收廢弃餘獨有愧此翁大名難久居不思犧牛龜兼收熊掌魚北郊有大賚南冠解囚拘眷言羅浮下白鶴返故廬

乞食　淵明

飢來驅我去不知竟何之行行至斯里叩門拙言辭主人諧予音遺贈赴虛來談語終日夕觴舉輒傾杯情欣新知歡言詠遂賦詩感子漂母惠愧我非韓才銜戢知何謝冥報以相貽

和　子瞻

莊周昔貧粟猶欲舂脫之曾公亦乞米炊煑尚不辭淵明端乞食亦不避嗟來嗚呼天下士生死寄一杯斗酒何所直遠汲愁

姜詩幸有餘薪米養此老不才至味久不
壞可爲子孫貽

桃花源記 并詩 淵明

晉太元中武陵人捕魚爲業緣溪行忘路
之遠近忽逢桃花林夾岸數百步中無雜
樹芳華鮮美落英繽紛漁人甚異之復前
行欲窮其林林盡水源便得一山山有小
口髣髴若有光便捨舡從口入初極狹纔
通人復行數十步豁然開朗土地平曠屋
舍儼然有良田美池桑竹之屬阡陌交通

雞犬相聞其中往來種作男女衣着悉如
外人黃髮垂髫並怡然自樂見漁人乃大
驚問所從來具答之便要還家爲設酒殺
雞作食林中聞有此人咸來問訊自云先
世避秦時亂率妻子邑人來此絕境不復
出焉遂與外人間隔問今是何世乃不知
有漢無論魏晉此人一一爲具言所聞皆
歎惋餘人各復延至其家皆出酒食停數
日辭去此中人語云不足爲外人道也既
出得其舡便指向路處處誌之及郡下詣

太守說如此太守即遣人隨其往尋向所
誌遂迷不復得路南陽劉子驥高尚士也
聞之欣然規往未果尋病終後遂無問津者
嬴氏亂天紀賢者避其世黃綺之商山伊
人亦云逝往跡浸復湮來徑遂蕪廢相命
肆農耕日入從所憩桑竹垂餘蔭菽稷隨
時藝春蠶收長絲秋熟靡王稅荒路曖交
通雞犬互鳴吠俎豆猶古法衣裳無新製
童孺縱行歌班白歡游詣草榮識節和木
衰知風厲雖無紀曆誌四時自成歲怡然

有餘樂于何勞智慧奇蹤隱五百一朝敞
神界淳薄既異源旋復還幽蔽惜問遊方
上焉惻塵囂外願言躡輕風高舉尋吾契

和　并引　子瞻

世傳桃源事多過其實考淵明所記止
言先世避秦亂來此則漁人所見似是
其子孫非秦人不死者也又云殺雞作
食豈有仙而殺者乎舊說南陽有菊水
水甘而芳居民三十餘家飲其水皆壽
或至百二三十歲蜀青城山老人村有

見五世孫者道極險遠生不識鹽醯而溪中多枸杞根如龍蛇飲其水故壽近歲道稍通漸能致五味而壽益衰桃源蓋此比也使武陵太守得而至焉則已化爲爭奪之場久矣常意天壤間若此者甚衆不獨桃源予在潁州夢至一官府人物與俗間無異而山川清遠有足樂者顧視堂上牓曰仇池覺而念之仇池武都氏故地楊難當所保予何爲居之明日以問客客有趙令畤德麟者曰

公何問此此乃福地小有洞天之附庸也杜子美蓋云萬古仇池穴潛通小有天他日工部侍郎王欽臣仲至謂予曰吾常奉使過仇池有九十九泉萬山環之可以避世如桃源也

凡聖無異居清濁共此世心閑偶自見念起忽已逝欲知真一處要使六用廢桃源信不遠藜杖可小憩躬耕任地力絶學抱天蓺臂雞有時鳴尻駕無可税苓龜或晨吸杞狗忽夜吠耘樵從甘芳齔齧謝炮製

子驥雖形隔淵明已心詣高山不難越溪水何足厲不知我仇池高舉復幾歲從來一生死近又等癡慧蒲澗安期境羅浮稚川界夢往從之游神交發吾蔽桃花滿庭下流水在戶外却笑逃秦人有畏非真契

歸去來兮辭 并序

淵明

余家貧耕植不足以自給幼稚盈室缾無儲粟生生所資未見其術親故多勸余爲長吏脫然有懷求之靡途會有四方之事諸侯以惠愛爲德家叔以余貧

苦遂見用爲小邑于時風波未靜心憚遠役彭澤去家百里公田之利足以爲酒故便求之及少日眷然有歸歟之情何則質性自然非矯勵所得飢凍雖切違已交病嘗從人事皆口腹自役於是悵然慷慨深愧平生之志猶望一稔當斂裳宵逝尋程氏妹喪于武昌情在駿奔自免去職仲秋至冬在官八十餘日因事順心命篇曰歸去來兮乙巳歲十一月也

歸去來兮田園將蕪胡不歸既自以心爲
形役奚惆悵而獨悲悟已往之不諫知來
者之可追寔迷途其未遠覺今是而昨非
舟遙遙以輕颺風飄飄而吹衣問征夫以
前路恨晨光之熹微乃瞻衡宇載欣載奔
僮僕歡迎稚子候門三徑就荒松菊猶存
攜幼入室有酒盈罇引壺觴以自酌眄庭
柯以怡顏倚南窻以寄傲審容膝之易安
園日涉以成趣門雖設而常關策扶老以
流憩時矯首而遐觀雲無心以出岫鳥倦

飛而知還景翳翳以將入撫孤松而盤桓
歸去來兮請息交以絕遊世與我而相遺
復駕言兮焉求悅親戚之情話樂琴書以
消憂農人告余以春及將有事於西疇或
命巾車或棹孤舟既窈窕以尋壑亦崎嶇
而經丘木欣欣以向榮泉涓涓而始流善
萬物之得時感吾生之行休已矣乎寓形
宇內復幾時曷不委心任去留胡爲皇皇
欲何之富貴非吾願帝鄉不可期懷良辰
以孤往或植杖而芸耔登東皋以舒嘯臨

清流而賦詩聊乘化以歸盡樂夫天命復奚疑

和并引　子瞻

子瞻謫居昌化追和淵明歸去來詞蓋以無何有之鄉爲家雖在海外未嘗不歸云尔

歸去來兮吾方南遷安得歸卧江海之澒洞弔鼓角之悽悲迹泥蟠而愈深時電往而莫追懷西南之歸路夢良是而覺非悟此生之何常猶寒暑之異衣豈襲裘而念葛蓋得觕而喪微我歸甚易匪馳匪奔俯仰還家下帷闔門藩援雖缺堂室故存挹我天醴注之窪罇飲月露以洗心飡朝霞而眩顏混客主以爲一俾婦姑之相安知盜竊之何有乃掊門而折關廓圜鏡以外照納萬象而中觀治廢井以晨汲滃百泉之夜還守靜極以自作時爵躍而鯢桓歸去來兮請終老於斯游我先人之弊廬復捨此而焉求均海南與漠北挈往來而無憂畸人告余以一言非八卦與九疇方飢

須糧已濟無舟忽人牛之皆喪但喬木與
高丘驚六用之無成自一根而反流望故
家而永息曷中道而三休已矣乎吾生有
命歸有時我初無行亦無留駕言隨子聽
所之豈以師南華而廢從安期謂湯稼之
終枯遂不溉而不耔師淵明之雅放和百
篇之清詩賦歸來之新引我其後身蓋無疑

和 并引

予謫居海康子瞻以和淵明歸去來之
篇要予同作時予方再遷龍川未暇也

辛巳歲予既還潁川子瞻渡海浮江至
淮南而病遂没於晉陵是歲十月理家
中舊書復得此篇乃泣而和之蓋淵明
之放與子瞻之辯予皆莫及也示不逆
其違意焉耳

歸去來兮歸自南荒又安歸鴻乘時而往
來曾奚喜而奚悲曩所惡之莫逃今雖歡
其足追蹈天運之自然意造物而良非蓋
有口之必食亦無形而莫衣苟所頓之無
幾則雖喪其亦微吾駕非良吾行弗奔心

須糧已齊無年忽入于之音發宜喬木與
高丘驚六用之無成自一根而反流望故
家而不息中道而三休已矣乎吾生有
命歸有時我初無行亦無留駕言隨子聽
所之豈以師南華而廢從安期謂湯稼之
終枵遂不穜而不耔師淵明之雅放和百
篇之新詩賦歸來之清引我其後身蓋無疑

和　并引

予謫居海康子瞻自海南以和淵明歸去來之
篇要予同作時予方再遷龍川未暇也

辛巳歲予既還潁川子瞻渡海浮江至
淮南而病遂沒於晉陵是歲十月理家
中舊書復得此篇乃泣而和之蓋淵明
之放與子瞻之辯予皆莫及也示不逆
其遺意焉耳

歸去來兮歸自南荒又安歸濕乘而往
來曾莫喜而莫悲憂所遇之莫逆今雖歎
其且追遊天運之自然意造悠而良非盡
有口之必食亦無形而莫支苟所頓之無
後則雖要其亦微吾饑非良吾行弗奔心

游無垠足不及門視之若窮挹焉則存俯仰衡茆亦有一尊既飯稻以食肉撫簞瓢而愧顏感烏鵲之夜飛樹三繞而未安有父兄之遺書命却掃而閉關知物化之如幻盍捨物而内觀氣有習而未忘痛斯人之不還將築室乎西廛堂已具而無栢歸去來兮世無斯人誰與遊龜自閉於牀下息眇緜乎無求閱歲月而不移或有爲予深憂解刀劍以買牛拔蕭艾以爲疇蓬累而行捐車捨舟獨摟摟於圖史或以佞而

疑丘散衆說之糾紛忽氷潰而川流曰吾與子二人取已多其罷休已矣乎斯人不朽誰知時時不我知誰爲留歲云往矣今何之天地不吾欺形影尚可期相冬廩之億秭勤春壟之耘耔睎白首之章皷信稚子之書詩若妍醜之已然豈復臨鏡而自疑

東坡先生和陶淵明詩卷第四

責任印製　梁秋卉

圖書在版編目(CIP)數據

東坡先生和陶淵明詩 / (宋) 蘇軾編訂；揚州慕宋閣雕版. -- 北京：文物出版社, 2016.12

ISBN 978-7-5010-4685-0

Ⅰ. ①東… Ⅱ. ①蘇… ②揚… Ⅲ. ①宋詩 - 詩集 - 中國 - 北宋 Ⅳ. ①I222.744.1

中國版本圖書館CIP數據核字(2016)第298688號

ISBN 978-7-5010-4685-0

9 787501 046850 >

東坡先生和陶淵明诗

[宋] 蘇軾 編訂

出版發行　文物出版社

地　址　北京東直門内北小街二號樓

雕版刻印　揚州慕宋閣

開　本　八開

版　次　二〇一六年十二月第一版
二〇一六年十二月第一次印刷

印　數　一—三〇〇

書　號　ISBN 978-7-5010-4685-0

定　價　貳仟壹佰捌拾元整　硃砂本